Catch Me If You Can!
¡A que no me alcanzas!

Bernard Most

Green Light Readers/Colección Luz Verde
Harcourt, Inc.

Orlando   Austin   New York   San Diego   Toronto   London

He was the biggest dinosaur of them all.
The other dinosaurs were afraid of him.

Era el más grande de todos los dinosaurios.
Todos los demás dinosaurios le tenían miedo.

When the biggest dinosaur went by,
the other dinosaurs quickly hid.

Cuando el mayor de los dinosaurios pasaba,
los demás dinosaurios se escondían rápidamente.

They were afraid of his great big tail.

Le tenían miedo a su enorme cola.

They were afraid of his great big claws.

Le tenían miedo a sus enormes garras.

They were afraid of his great big feet.

Le tenían miedo a sus enormes patas.

But most of all, they were afraid
of his great big teeth.

Pero sobre todo le tenían miedo
a sus enormes dientes.

One little dinosaur wasn't afraid.
She didn't run. She didn't hide.

Sólo una pequeña dinosaurio no le tenía
miedo. No corría. Ni se escondía.

"Catch me if you can!" she called
to the biggest dinosaur.

—¡A que si me alcanzas!—le decía al mayor
de todos los dinosaurios.

"I'm not afraid of your great big tail."

—No le tengo miedo a tu cola enorme.

"Catch me if you can!"

—¡A que no me alcanzas!

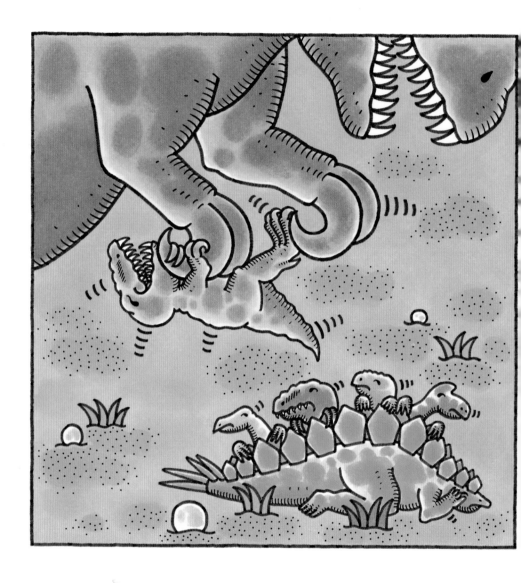

"I'm not afraid of your great big claws."

—No le tengo miedo a tus garras enormes.

"Catch me if you can!"

—¡A que no me alcanzas!

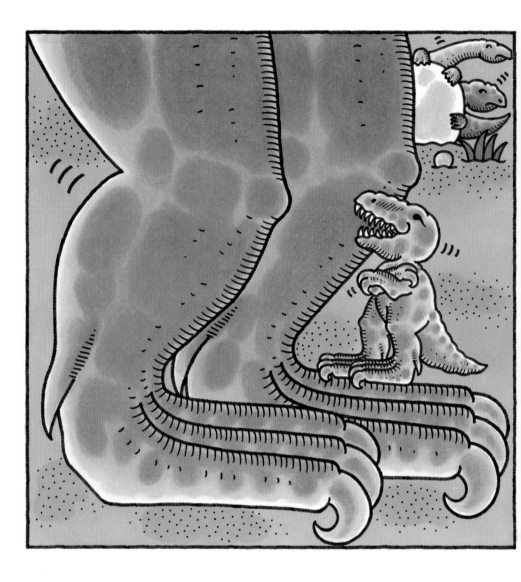

"I'm not afraid of your great big feet."

—No le tengo miedo a tus patas enormes.

"Catch me if you can!"

—¡A que no me alcanzas!

"And most of all, I'm not afraid
of your great big teeth."

—Y sobre todo, no le tengo miedo
a tus dientes enormes.

"I can catch you!" said the biggest dinosaur.
And he grabbed the little dinosaur.

—¡A que sí te alcanzo!—dijo el mayor de todos los
dinosaurios. Y agarró a la pequeña dinosaurio.

But she only got a big hug. "I love you very much, Grandpa!" said the little dinosaur.

Y le dio un enorme abrazo. —¡Te quiero mucho, abuelito!—dijo la pequeña dinosaurio.

"And I love you, too!"
said the biggest dinosaur of them all.

—¡Y yo también te quiero mucho!
—dijo el más grande de todos los dinosaurios.

Dinosaur Tag

Play a dinosaur game with a big group of friends.

1 Line up. Put your hands on the next person's shoulders.

2 The first person 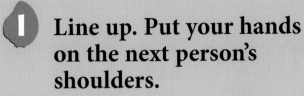 is the head. The last person is the tail.

3 The head 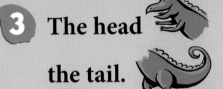 tries to catch the tail.

When the head catches the tail, play again!

El juego de los  dinosaurios

Juega el juego de los dinosaurios con un grupo de amigos.

1 Formen una línea. Cada persona pone las manos sobre los hombros de la que va adelante.

2 La primera persona es la cabeza.

3 La última persona es la cola.

4 La cabeza trata de alcanzar

la cola.

Cuando la cabeza alcanza la cola, ¡vuelvan a empezar!

Meet the Author-Illustrator
Te presentamos al autor-ilustrador

Bernard Most knew he wanted to be an artist even before he went to kindergarten. Later, he went to art school and became an artist. He saw some books by Leo Lionni and liked them so much that he started to write his own books for children.

Bernard Most works hard on his books. He sent out one book forty-two times before it was published! He didn't give up. He knew how important it is to believe in yourself and to keep trying.

Walt Chrynwski

Bernard Most

Bernard Most sabía que quería ser artista desde antes de ir a kindergarten. Luego fue a una escuela de arte y se convirtió en un artista. Vio algunos libros de Leo Leonni y le gustaron tanto que empezó a escribir sus propios libros para niños.

Bernard Most se esfuerza mucho al hacer sus libros. ¡Un libro lo envió a cuarenta y dos editoriales antes de que se lo publicaran! No se dio por vencido. Sabía qué importante es creer en uno mismo y seguir intentando hasta conseguir lo que se desea.

For information about permission to reproduce selections from this book, please write Permissions, Houghton Mifflin Harcourt Publishing Company 215 Park Avenue South, NY, NY 10003.

www.hmhco.com

First Green Light Readers/Colección Luz Verde edition 2007

Green Light Readers is a trademark of Harcourt, Inc., registered in the United States of America and/or other jurisdictions.

Library of Congress Cataloging-in-Publication Data
Most, Bernard.
[Catch me if you can! Spanish & English]
Catch me if you can = A que no me alcanzas/Bernard Most.
p. cm.
"Green Light Readers."
Summary: A little dinosaur is not afraid of the biggest dinosaur of them all for a very special reason.
[1. Dinosaurs—Fiction. 2. Grandfathers—Fiction. 3. Spanish language materials—Bilingual.] I. Title. II. Title: A que no me alcanzas. III. Series.
PZ73.M746 2007
[E]—dc22   2006008694
ISBN 978-0-15-205964-4
ISBN 978-0-15-205967-5 (pb)
Made in China

SCP   15 14 13 12 11
4500526950

Ages 5-7

Grade: 1

Guided Reading Level: D-E

Reading Recovery Level: 9-10

Green Light Readers
For the reader who's ready to GO!

Five Tips to Help Your Child Become a Great Reader

1. Get involved. Reading aloud to and with your child is just as important as encouraging your child to read independently.

2. Be curious. Ask questions about what your child is reading.

3. Make reading fun. Allow your child to pick books on subjects that interest her or him.

4. Words are everywhere—not just in books. Practice reading signs, packages, and cereal boxes with your child.

5. Set a good example. Make sure your child sees YOU reading.

Why Green Light Readers Is the Best Series for Your New Reader

• Created exclusively for beginning readers by some of the biggest and brightest names in children's books

• Reinforces the reading skills your child is learning in school

• Encourages children to read—and finish—books by themselves

• Offers extra enrichment through fun, age-appropriate activities unique to each story

• Incorporates characteristics of the Reading Recovery program used by educators

• Developed with Harcourt School Publishers and credentialed educational consultants

Colección Luz Verde
¡Para los lectores que están listos para AVANZAR!

Cinco sugerencias para ayudar a que su niño se vuelva un gran lector

1. Participe. Leerle en voz alta a su niño, o leer junto con él, es tan importante como animar al niño a leer por sí mismo.

2. Exprese interés. Hágale preguntas al niño sobre lo que está leyendo.

3. Haga que la lectura sea divertida. Permítale al niño elegir libros sobre temas que le interesen.

4. Hay palabras en todas partes—no sólo en los libros. Anime a su niño a practicar la lectura leyendo señales, anuncios e información, por ejemplo, en las cajas de cereales.

5. Dé un buen ejemplo. Asegúrese de que su niño le ve leyendo a usted.

Por qué esta serie es la mejor para los lectores que comienzan

• Ha sido creada exclusivamente para los niños que empiezan a leer, por algunos de los más brillantes creadores importantes de libros infantiles.

• Refuerza las habilidades lectoras que su niño está aprendiendo en la escuela.

• Anima a los niños a leer libros de principio a fin, por sí solos.

• Ofrece actividades de enriquecimiento creadas para cada cuento.

• Incorpora características del programa Reading Recovery usado por educadores.

• Ha sido desarrollada por la división escolar de Harcourt y por consultores educativos acreditados.